# 油画棒画的工具

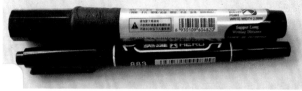

**我们在画油画棒画时要用到以下几种工具：**

　　**油画棒:**油画棒是一种少儿学画时常用的棒形油性固体颜料，由油、蜡、颜料的特殊混合物制作而成。使用它时手感细腻、软硬度适中，颜色鲜艳，在纸面的附着力强，小朋友使用起来非常方便，是小朋友最喜欢的彩色绘画工具之一。

　　**油性黑笔:**很常用的一种笔，一般勾线都要用到它，注意一定要油性的，这样在勾线时颜色就不会化开。

　　**纸:**用油画棒作画最好选用带有纹理漂亮和质地较厚的纸张。因为油画棒需要一定力度才能着色，纸薄了会破，有纹理能帮助颜色附着于纸面而不易脱落。

# 油画棒画的常用技法

**平涂法:**用力均匀地平铺画面上的每一块，尽量涂得平整。适合涂大面积的画面。

**深勾线画法：**先用浅色平涂，再用深色勾线，是色块与线条结合的一种方法。

**渐变法：**用几种颜色衔接而产生的一种由深至浅的艺术效果。它适合表现物体的立体感。注意由一种颜色逐渐过渡到另一种颜色时要自然。

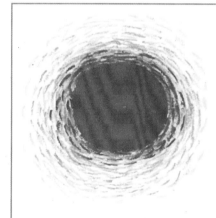

**点彩法：**用一种或几种颜色以大小、形状不同的点进行点彩。适合表现装饰性比较强的物体。

**接色法:**用几种颜色衔接，是一种线条、色彩变化丰富的艺术效果。

## 美丽的花仙子

**画面提示：**美丽的花仙子是个非常有爱心的小仙女，她特别喜欢和爱护大草原上的花花草草。每当春天来临的时候花仙子就会到大草原上与大家一起玩耍。

**画前引导：**小朋友们可以围绕小提示创意出各种造型和布局，如：花仙子与彩色的花朵在一起唱歌或跳舞，小朋友们要发挥自己的想象哦！看谁画得最有创意。

## 步骤图示范

1.先用铅笔画出画面主要人物的外轮廓，注意人物在画面的布局不应过大，适当多空出些空白处。

2.进一步丰富画面，给人物加上五官以及人物周围的环境，如：小花、小草等。小朋友们可以发挥想象力让画面丰富而有趣。

3.用铅笔定好稿后，再用黑色水彩笔把需要的线描黑，画好后用橡皮轻轻地擦去多余的线，让画面整洁干净。

4.开始给画面上色，这时我们要有一个整体的色彩设想。先从主要人物开始，用描边法初步画出色彩。

5.我们在画白色的物体时，可用描边法在轮廓上描边即可。上色时注意物体的体积与画面空间的表现。花仙子的衣物也可以选择鲜艳的色彩。

6.完善画面，用渐变法涂出天空，再用绿色调整一下绿绿的草地。让画面色彩更丰富。

## 冬日里的雪人

**画面提示**：冬天来了，农庄迎来了冬天的第一场雪，到处都是白茫茫一片，房顶上院子里都覆盖着厚厚的雪。雪人安静地站在院子里，等着小朋友们放学回来和它一起玩耍。

**画前引导**：冬天下雪了，你一定也想堆一个可爱的雪人吧？你会把你的小雪人打扮成什么样呢？把它画下来和大家一起分享吧！

## 步骤图示范

1. 先用铅笔画出房屋与雪人的外轮廓，注意小雪人头部的圆比身体的圆要小些。

2. 进一步丰富画面，给雪人加上五官，围绕环境的特点丰富画面。小朋友们可以发挥想象力创造出丰富有趣的画面。

3. 用铅笔定好稿后，再用黑色水彩笔把需要的线描黑，画好后用橡皮轻轻地擦去多余的线，让画面整洁干净。

4. 用褐色笔勾画出墙面砖块的结构，注意砖块叠加的特征。雪天是以白、蓝两色为主要基调。先用较深的蓝色描边，主要体现物体体积感。

5. 丰富房屋的色彩，给每块砖上色，注意色彩的选择上应与褐色的边线有所区分。进一步丰富小雪人的球形体积，让它看上去更立体。

6. 丰富背景，先用浅蓝色浅浅地涂画雪地，再用深蓝色的笔涂出天空部分。近处的雪地可以浅一些，远处的可以深一点。这样能更好地体现空间的前后关系。

# 青蛙妈妈

**画面提示：** 水塘里住着青蛙妈妈和它的蝌蚪宝宝们，一大早，青蛙妈妈就带着小蝌蚪们一起锻炼身体呢。青蛙妈妈说："小宝宝，天天锻炼长得快，长大了就会变成和妈妈一样了。"

**画前引导：** 小朋友们，可以发挥自己的想象，可画上更多的荷花，让夏天的荷塘更加美丽。

## 步骤图示范

1. 用铅笔画草图，先确定青蛙的位置，画出头、手、脚。再画出漂在水面上的荷花、荷叶。注意画面的前后空间关系。

2. 进一步丰富画面，给青蛙画上大大的嘴巴，圆圆的大眼睛。具体刻画画面细节，使画面丰富而有趣。

3. 用铅笔定好稿后，再用黑色水彩笔把需要的线描黑，画好后用橡皮轻轻地擦去多余的线，让画面整洁干净。

4. 开始给画面上色，这时我们要有一个整体的色彩设想。给荷叶涂上绿色，再用描边法初步画出其他部分色彩。

5. 上色时注意物体的体积与画面空间的表现。近处的荷叶可以浅些，远处的可以较深些。这样能更好地突出空间的前后关系。

6. 完善画面，用渐变法涂出水面，注意用笔应较轻些。再用较亮的蓝色画些小波浪让水面呈现活泼灵动的感觉。

### 可爱的小鱼

**画面提示:** 在海里生活着各种各样的鱼。它们身上有着缤纷的色彩,有红的、黄的、绿的,可好看呢!

**画前引导:** 鱼儿有不同的形状,色彩、花纹也有着各自的特点。发挥你的想象画出漂亮的鱼儿吧。

## 步骤图示范

1.用铅笔画草图,先确定鱼的位置,画出各种小鱼的形状与鱼身上的花纹。

2.用铅笔画海底的水草,小鱼吐出泡泡等。丰富画面,使画面有趣。

3.用铅笔定好稿后,再用黑色水彩笔把需要的线描黑,画好后用橡皮轻轻地擦去多余的线,让画面整洁干净。

4.开始给画面上色,这时我们要有一个整体的色彩设想。用较深的色彩描画小鱼、水草的边缘部位,主要体现物体的体积感。

5.进一步丰富画面色彩,上色时注意物体的体积与画面空间的表现。涂泡泡时高光处可留白,这样画出的泡泡更有立体感。

6.完善画面,用渐变法涂出水面,注意用笔应较轻些。

**小白兔的蘑菇屋**

画面提示：小兔子最喜欢蘑菇了，它梦想着要是有一个大蘑菇做的房子那该有多好。这天它来到邻村玩耍，看见一个漂亮的蘑菇屋，它很是羡慕。

画前引导：小朋友，小兔很想要一个蘑菇屋，那我们来为它设计一个可爱的蘑菇屋吧！

## 步骤图示范

1.用铅笔画草图，先确定构图位置，画出小白兔与蘑菇形的大房子。

2.用铅笔画出近景的草地，远景的山坡，使画面丰富而有趣。

3.用铅笔定好稿后，再用黑色水彩笔把需要的线描黑，画好后用橡皮轻轻地擦去多余的线，让画面整洁干净。

4.开始给画面上色，这时我们要有一个整体的色彩设想。用较深的色彩描画小白兔与蘑菇边缘，主要体现物体的体积感。

5.进一步丰富画面色彩，上色时注意物体的体积与画面空间的表现。色彩搭配要协调。

6.完善画面，用渐变法涂出近景中的草地，注意用笔应较轻些。

**小松鼠搬果子**

**画面提示**：冬天就要来临，森林里的小动物正忙着储藏过冬的食物。树上的小松鼠正忙着把松果送回家呢。

**画前引导**：松鼠有条毛茸茸的大尾巴，它最爱吃的就是松果，最喜欢在树上玩耍，是一种活泼可爱的小动物，在画它时要抓住它的特点来画。

## 步骤图示范

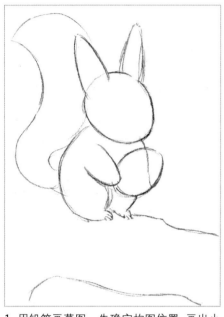

1.用铅笔画草图，先确定构图位置，画出小松鼠和大树干的外轮廓，注意小松鼠身体比例要合理。

2.进一步丰富画面，给小松鼠加上眼睛和嘴巴，再加上一些树叶，使画面丰富而有趣。

3.用铅笔定好稿后，再用黑色水彩笔把需要的线描黑，画好后用橡皮轻轻地擦去多余的线，让画面整洁干净。

4.开始给画面上色，这时我们要有一个整体的色彩设想。用较深的色彩描画深色部分，主要体现物体的体积感。

5.进一步丰富画面色彩，上色时注意物体的体积与画面空间的表现。色彩搭配要协调。

6.完善画面，用浅绿色涂出背景中的树叶，注意用笔应较轻些，使画面更饱满。

## 窗边的一组静物

**画面提示**：夏日的午后，小朋友们都午睡去了。花园里静静的，只有蝉吱吱地叫着。风儿吹过朵朵白云，再过不久花园里又会响起小朋友的嬉笑声。

**画前引导**：小朋友，我们可以画一些静止不动的场景，比如放在桌上的水杯、放在书桌上的书本、放在草地上的鞋子等。看看谁观察得最仔细。

## 步骤图示范

1. 用铅笔画草图，先确定构图位置，画出玻璃瓶的外轮廓。

2. 进一步丰富画面，把玻璃杯、苹果画出立体感，让画面丰富。

3. 用铅笔定好稿后，再用黑色水彩笔把需要的线描黑，画好后用橡皮轻轻地擦去多余的线，让画面整洁干净。

4. 开始给画面上色，这时我们要有一个整体的色彩设想。用较深的色彩描画形体转折部分，主要体现物体的体积感。

5. 进一步丰富画面色彩，上色时注意物体的体积与画面空间的表现。色彩搭配要协调。

6. 完善画面，用浅绿色涂出树叶空白部分，最后给天空上色，注意用笔应较轻些。

**快乐游泳**

**画面提示：**夏天好热，我们去游泳池游泳吧。水里好凉快呀，小兔子也来了，小朋友真开心，把水花溅得好高。

**画前引导：**画时注意，水的颜色是不完全一样的，我们可以在画好底色的基础上再增加一层深色的波浪，让画出的水有波浪的感觉。

## 步骤图示范

1.用铅笔画草图，先确定构图位置，画出小朋友与小动物的外轮廓。

2.进一步丰富画面，给人物加上五官，人物周围的环境，如：水波、草丛等。小朋友们也可以发挥想象力自行创造场景。

3.用铅笔定好稿后，再用黑色水彩笔把需要的线描黑，画好后用橡皮轻轻地擦去多余的线，让画面整洁干净。

4.开始给画面上色，这时我们要有一个整体的色彩设想。用较深的色彩描画形体转折部分，主要体现物体的体积感。

5.进一步丰富画面色彩，上色时注意物体的体积与画面空间的表现。色彩搭配要协调。

6.完善画面，用浅蓝色给天空上色，注意笔应较轻些。

**开心过圣诞节**

## 步骤图示范

1. 用铅笔画草图，先确定构图位置，画出小朋友与圣诞树的外轮廓。

2. 进一步丰富画面，画上一些圣诞小装饰，使画面更有圣诞节的氛围。

3. 用铅笔定好稿后，再用黑色水彩笔把需要的线描黑，画好后用橡皮轻轻地擦去多余的线，让画面整洁干净。

4. 开始给画面上色，这时我们要有一个整体的色彩设想。用较深的色彩描画形体转折部分，主要体现物体的体积感。

5. 进一步丰富画面色彩，上色时注意物体的体积与画面空间的表现。色彩搭配要协调。

6. 完善画面，用浅些的色彩画出墙面和地面，让画面更饱满。

18

## 冒着雨的小狐狸

## 步骤图示范

1. 用铅笔画草图，先确定构图位置，画出小狐狸的外轮廓，注意表情的刻画。

2. 根据提示画出雨天的场景。小朋友们也可以发挥想象力自行创造不同的场景。

3. 用铅笔定好稿后，再用黑色水彩笔把需要的线描黑，画好后用橡皮轻轻地擦去多余的线，让画面整洁干净。

4. 开始给画面上色，这时我们要有一个整体的色彩设想。用较深的色彩描写形体转折部分，主要体现物体的体积感。

5. 进一步丰富画面色彩，上色时注意物体的体积与画面空间的表现。色彩搭配要协调。

6. 完善画面，用浅绿画出草丛，因为是雨天，天空的色彩可选用较暗的蓝色来涂。注意用笔应较轻些。

**勤劳的小猪** ·······················

**画面提示：** 太阳当头照，但小猪不偷懒，看它，累得满头大汗了，但还是很开心，因为经过辛苦的劳动，秋天可以得到好的收成。

**画前引导：** 薄涂小猪的身体，但边缘暗处可以加涂一层，天空颜色也注意是由深到浅进行描绘。

## 步骤图示范

1.用铅笔画草图，先确定构图位置，画出小猪的外轮廓。

2.进一步丰富画面，给人物加上五官，加上周围的环境。小朋友们也可以发挥想象力自行创造农忙的场景。

3.用铅笔定好稿后，再用黑色水彩笔把需要的线描黑，画好后用橡皮轻轻地擦去多余的线，让画面整洁干净。

4.开始给画面上色，首先给小猪上色，注意在形体转折处用较深些的色轻轻勾画一下轮廓，这样能更好地表现出体积感。

5.进一步丰富画面色彩，上色时注意物体的体积与画面空间的表现。色彩搭配要协调。

6.完善画面，用较亮的浅蓝色给天空上色，注意用笔应较轻些。

## 爱歌唱的百灵鸟

**画面提示：**百灵鸟的歌声是森林里最动听的，今天的森林演唱会，它又要高歌一曲了。看它唱得真专注。

**画前引导：**想象鸟儿唱歌时的神情、动作并描绘出来，森林演唱会的舞台也可以按自己的想象来装饰。

## 步骤图示范

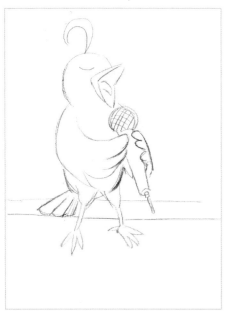

1.用铅笔画草图，先确定构图位置，画出百灵鸟的外轮廓，注意动作的刻画要协调。

2.进一步丰富画面，加上周围的环境。小朋友们也可以发挥想象力自行创造场景。

3.用铅笔定好稿后，再用黑色水彩笔把需要的线描黑，画好后用橡皮轻轻地擦去多余的线，让画面整洁干净。

4.开始给画面上色，这时我们要有一个整体的色彩设想。用较深的色彩描画形体转折部分，主要体现物体的体积感。

5.进一步丰富画面色彩，上色时注意物体的体积与画面空间的表现。色彩搭配要协调。

6.完善画面，用两种不同层次的褐色涂出地板。

**爱学习的梨博士**

**画面提示:**梨博士很爱学习,它有一个大大的书房,里面有着各种各样有趣的书籍。这不,梨博士又架着大眼镜在看书呢。

**画前引导:**小朋友,你的书房也向梨博士一样装有很多书吗?如果你有一间书房,你想要一个怎样的书房呢?我们来设计一下吧。

## 步骤图示范

1.用铅笔画草图,先确定构图位置,画出梨与桌椅的外轮廓。

2.进一步丰富画面,加上可爱的五官,小朋友们也可以发挥想象力自行创造一个学习的场景。

3.用铅笔定好稿后,再用黑色水彩笔把需要的线描黑,画好后用橡皮轻轻地擦去多余的线,让画面整洁干净。

4.开始给画面上色,这时我们要有一个整体的色彩设想。用较深的色彩描绘形体转折部分,主要体现物体的体积感。

5.进一步丰富画面色彩,上色时注意物体的体积与画面空间的表现。色彩搭配要协调。

6.完善画面,用彩色的画笔画出书架、墙面、地板等,让画面更丰富饱满。

## 可爱的美人鱼

**画面提示**：大海里生活着一只美人鱼，它长得非常漂亮，心地又善良。海里的小动物都很喜欢它，现在美人鱼正在和小鱼们一起玩耍呢。

**画前引导**：小朋友，我们也来画一幅美人鱼的画吧。在画海水时一定要注意海水颜色应由深到浅的变化，颜色也应由厚到薄地涂噢！

## 步骤图示范

1. 用铅笔画草图，先确定构图位置，安排好画面，把主角美人鱼安排在画面中央，突出主题，再在周围画些小鱼。

2. 进一步丰富画面，加上周围的环境。想象一下海底的环境特点自行创造场景。

3. 用铅笔定好稿后，再用黑色水彩笔把需要的线描黑，画好后用橡皮轻轻地擦去多余的线，让画面整洁干净。

4. 开始给画面上色，这时我们要有一个整体的色彩设想。用较深的色彩描画形体转折部分，主要体现物体的体积感。

5. 进一步丰富画面色彩，上色时注意物体的体积与画面空间的表现。色彩搭配要协调。

6. 完善画面，用渐变法涂出海水的色彩，注意用笔应较轻些。

**爱吃西瓜的小棕熊**

**画面提示：** 森林里住着一只小棕熊，它最爱吃的是红红的大西瓜。这天熊妈妈买回了一个大西瓜。看，它正在大口大口地吃着呢！

**画前引导：** 小熊胖墩墩的，有一双圆圆的大眼睛，非常可爱。小朋友，我们一起来画小熊吧。

## 步骤图示范

1. 用铅笔画草图，先确定构图位置，安排好画面，画出小熊，注意表情的刻画，再在小熊身边画上一些西瓜。

2. 进一步丰富画面，画出小熊在树下吃西瓜的情景，再画出草地与远处的景物。

3. 用铅笔定好稿后，再用黑色水彩笔把需要的线描黑，画好后用橡皮轻轻地擦去多余的线，让画面整洁干净。

4. 开始涂小熊的颜色，先用亮褐色薄涂一下轮廓，再用加重边缘的方法表现立体感。

5. 进一步丰富画面色彩，上色时注意物体的体积与画面空间的表现。色彩搭配要协调。

6. 完善画面，画出近处的草地、远处的高山，再用渐变法涂出天空。

### 快乐露营

**画面提示：**春天来了，学校里举行了露营活动。小朋友们来到森林里，开始了一天的露营，有的小朋友在搭帐篷，有的小朋友在自己生火做饭，大家都忙得不亦乐乎。

**画前引导：**大家平时也肯定经常一起出去玩。小朋友，你可以把自己的一次户外游玩时的情景画下来。

## 步骤图示范

1.用铅笔画草图，先确定构图位置，安排好画面，画出玩耍中的小朋友，注意人物表情与动作的刻画。

2.进一步丰富画面，想象一下树林、草地或河边等露营场景来丰富画面。

3.用铅笔定好稿后，再用黑色水彩笔把需要的线描黑，画好后用橡皮轻轻地擦去多余的线，让画面整洁干净。

4.开始给画面上色，这时我们要有一个整体的色彩设想。用较深的色彩描画形体转折部分，主要体现物体的体积感。

5.进一步丰富画面色彩，上色时注意物体的体积与画面空间的表现。色彩搭配要协调。

6.完善画面，用平涂法画出草地、天空，注意用笔应较轻些。

## 会飞的热气球

**画面提示**：小兔兄弟制作的飞天热气球终于完工了。它们坐上热气球，看着房子越变越小，许多的云彩在身边漂浮，真是美丽而神奇。

**画前引导**：小朋友，一起来画一下这个飞天的热气球吧。热气球的外观上可以画上自己喜欢的图案，也可以自己设计热气球的样式，比如小猫、小鱼等样式的热气球。

## 步骤图示范

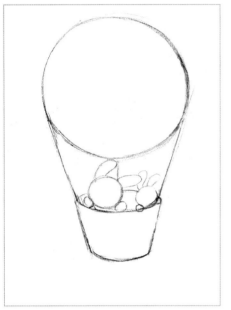

1.用铅笔画草图，先确定构图位置，安排好画面，画出大大的热气球与坐在里面的小动物。

2.进一步丰富画面，加上周围的环境，如白云、天空中飞行的小鸟等。

3.用铅笔定好稿后，再用黑色水彩笔把需要的线描黑，画好后用橡皮轻轻地擦去多余的线，让画面整洁干净。

4.开始给画面上色，这时我们要有一个整体的色彩设想。用较深的色彩描画形体转折部分，主要体现物体的体积感。

5.进一步丰富画面色彩，用描边法画出白云，刻画时注意云朵的体积表现。应选择浅一些亮一些的色彩来画。

6.完善画面，用渐变法涂出蓝天，注意用笔应较轻些。

**小白兔滑雪**

**画面提示：**雪已经堆得很厚很厚了，小动物都出来玩雪了，这不，小白兔也来滑雪了，看它一身行头，还真有模有样呢！

**画前引导：**小朋友，你最爱做的运动是什么？能把它画下来吗？看看谁画得最棒。

## 步骤图示范

1.用铅笔画草图，先确定构图位置，安排好画面，画出在滑雪的小兔，注意动作表情的刻画。

2.进一步丰富画面，加上背景，如树、山等。

3.用铅笔定好稿后，再用黑色水彩笔把需要的线描黑，画好后用橡皮轻轻地擦去多余的线，让画面整洁干净。

4.开始给画面上色，这时我们要有一个整体的色彩设想。给小兔子涂上颜色，用描线法画出小兔子的立体感。

5.进一步丰富画面色彩，上色时注意物体的体积与画面空间的表现。色彩搭配要协调。

6.完善画面，给背景的天空、树林、雪地上色。注意画雪地时只要用浅蓝色的笔画一个波纹即可。

36

**小猫钓鱼**

**画面提示**：这天，天气晴朗，小猫一早就来到小河边钓鱼。不一会儿就有一群小鱼游了过来，小猫见小鱼要上钩了，正暗自高兴呢，哈哈！今天又有鱼吃了。

**画前引导**：在画时小朋友可以根据自己的想象自由创作一幅关于钓鱼的画。

## 步骤图示范

1.用铅笔画草图，先确定构图位置，安排好画面，用铅笔先把想象的画面画下来。

2.进一步丰富画面，加上周围的环境。想象一下河边的环境特点，自行创造场景。

3.用铅笔定好稿后，再用黑色水彩笔把需要的线描黑，画好后用橡皮轻轻地擦去多余的线，让画面整洁干净。

4.开始给画面上色，这时我们要有一个整体的色彩设想。用较深的色彩描画形体转折部分，主要体现物体的体积感。

5.进一步丰富画面色彩，上色时注意物体的体积与画面空间的表现。可以用多种方法涂色，自由发挥。

6.完善画面，用渐变法涂出天空的色彩，注意用笔应较轻些。

## 尽责的邮递员小熊

**画面提示**：小熊是森林里的邮递员，每天都有很多信件由它送出，它一早就骑着自行车，给森林里的小动物送去快乐的信。

**画前引导**：不同层次运用不同深浅的颜色可以拉出层次并丰富画面，让画面有延伸感。

## 步骤图示范

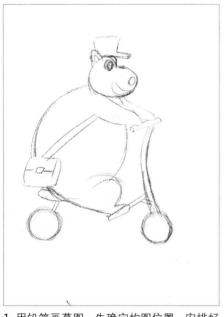

1.用铅笔画草图，先确定构图位置，安排好画面，画出熊邮递员。

2.进一步丰富画面，加上周围的环境。想象一下环境特点，自行创造场景。

3.用铅笔定好稿后，再用黑色水彩笔把需要的线描黑，画好后用橡皮轻轻地擦去多余的线，让画面整洁干净。

4.开始给画面上色，这时我们要有一个整体的色彩设想。用较深的色彩描画形体转折部分，主要体现物体的体积感。

5.进一步丰富画面色彩，上色时注意物体的体积与画面空间的表现。色彩搭配要协调。

6.完善画面，用平涂法画出草地、天空，注意用笔应较轻些。

## 采果子的猴兄弟

**画面提示:** 森林里住着一群猴子,这天猴哥哥带着猴弟弟来到山下的果园里采果子吃。它们看见满园的果树都结满了红红的大苹果,兄弟俩兴高采烈地爬上树采果子呢。

**画前引导:** 小猴子有着长长的尾巴,有着像桃形的脸蛋,是一种生活在树上的动物。想象一幅猴子采果子的画面,把它画下来。

## 步骤图示范

1.用铅笔画草图,先确定构图位置,安排好画面,先画出大大的果树,再画出爬在果树上的猴哥哥与小猴弟弟,注意表情的刻画。

2.进一步丰富画面,想象一下森林的环境特点,完善场景的刻画。

3.用铅笔定好稿后,再用黑色水彩笔把需要的线描黑,画好后用橡皮轻轻地擦去多余的线,让画面整洁干净。

4.开始给画面上色,这时我们要有一个整体的色彩设想。用较深的色彩描画形体转折部分,主要体现物体的体积感。

5.进一步丰富画面色彩,上色时要注意物体的体积与画面空间的表现。色彩搭配要协调。

6.完善画面,用平涂法画出蓝天白云,注意用笔应较轻些。

## 一起去看鱼

**画面提示：**火龙果宝宝和梨宝宝是一对好朋友，这天它们约好一起去看鱼。它们划着小船看着湖里各种游来游去的小鱼，看，鱼儿嘴里还吐着成串的泡泡呢！

**画前引导：**如果小朋友想象它们划船出游的情景，加上自己的想象，把它画下来。在画时可以根据想象对它们的形象、表情、动作等加以改变。

## 步骤图示范

1.用铅笔画草图，先确定构图位置，安排好画面，根据梨与火龙果的外形特点画出大轮廓。

2.进一步丰富画面，刻画小梨调皮的表情和火龙果惊叹的表情。加上周围的环境，画出湖里的水草小鱼等。

3.用铅笔定好稿后，再用黑色水彩笔把需要的线描黑，画好后用橡皮轻轻地擦去多余的线，让画面整洁干净。

4.开始给画面上色，用薄涂法给小梨涂上黄色，再在边缘处用深黄加深。火龙果从底部向上用由深变浅的方法来涂色。

5.进一步丰富画面色彩，上色时注意物体的体积与画面空间的表现。色彩搭配要协调。

6.完善画面，用浅蓝色薄涂天空，用深蓝色表现湖水。

## 我们爱画画

**画面提示**：小猪和小狐狸是好朋友，它们都爱好画画。每当周末它们就聚集在一起讨论绘画方面的知识并相互学习。瞧，它们学得多认真呀。

**画前引导**：仔细观察画面，看看这些小动物都有哪些特点，然后根据提示，把自己的所想所思画下来。

## 步骤图示范

1.用铅笔画草图，先确定构图位置，安排好画面。注意狐狸、小猪的形象特点。

2.进一步丰富画面，按环境特点加上周围的环境。

3.用铅笔定好稿后，再用黑色水彩笔把需要的线描黑，画好后用橡皮轻轻地擦去多余的线，让画面整洁干净。

4.开始给画面上色，这时我们要有一个整体的色彩设想。用较深的色彩描画形体转折部分，主要体现物体的体积感。

5.进一步丰富画面色彩，上色时注意物体的体积与画面空间的表现。色彩搭配要协调。

6.完善画面，先用浅色薄涂一层，窗帘褶皱部位加重颜色。结合环境上色，注意在画地板时要竖着涂，这样能让空间感更强。